अबूतर

–

कबूतर

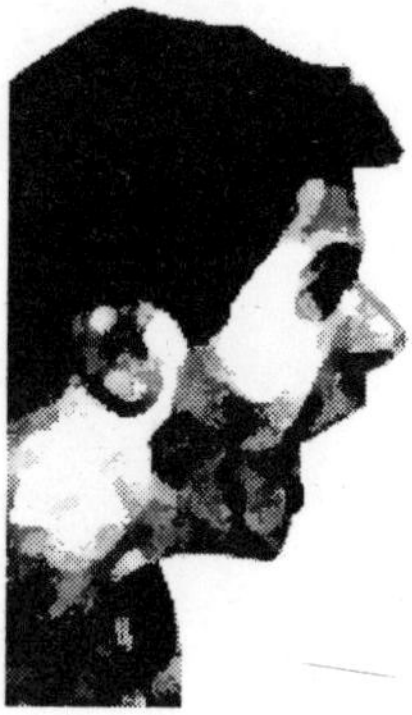

अबूतर — कबूतर

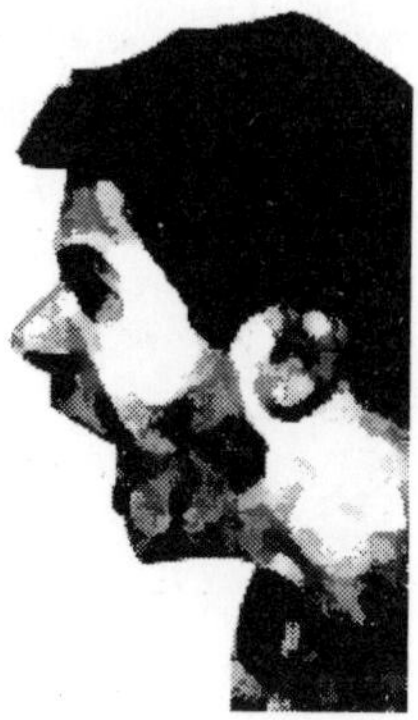

उदय प्रकाश

वाणी प्रकाशन

वाणी प्रकाशन

4695, 21-ए, दरियागंज, नयी दिल्ली 110 002

फ़ोन : +91 11 23273167 फ़ैक्स : +91 11 23275710

शाखाएँ

अशोक राजपथ, पटना 800 004, बिहार

कॉफ़ी हाउस कैम्पस, महात्मा गांधी मार्ग, इलाहाबाद 211 001, उत्तर प्रदेश

महात्मा गांधी अन्तरराष्ट्रीय हिन्दी विश्वविद्यालय, वर्धा 442 001, महाराष्ट्र

सुल्तानिया रोड, मोतिया पार्क, भोपाल 462 001, मध्य प्रदेश

www.vaniprakashan.com
marketing@vaniprakashan.in
sales@vaniprakashan.in

ABOOTAR-KABOOTAR
by Uday Prakash

ISBN : 978-93-5229-697-2
Poetry Collection

संस्करण 2005, 2017
तीसरा संस्करण 2020

सिटी प्रेस, दिल्ली-110 095 में मुद्रित

वाणी प्रकाशन का लोगो मक़बूल फ़िदा हुसेन की कूची से

अपने प्रिय कवि
केदारनाथ सिंह को

अनुक्रम

पसली का दर्द

अबूतर-कबूतर

करीमन और अशर्फ़ी

पसली का दर्द

कुछ बन जाते हैं

तुम मिसरी की डली बन जाओ
मैं दूध बन जाता हूँ
तुम मुझमें
घुल जाओ।

तुम ढाई साल की बच्ची बन जाओ
मैं मिसरी घुला दूध हूँ मीठा
मुझे एक साँस में पी जाओ।

अब मैं मैदान हूँ
तुम्हारे सामने दूर तक फैला हुआ।
मुझमें दौड़ो। मैं पहाड़ हूँ।
मेरे कन्धों पर चढ़ो और फिसलो।
मैं सेमल का पेड़ हूँ
मुझे ज़ोर–ज़ोर से झकझोरो और
मेरी रुई को हवा की तमाम परतों में
बदलों के छोटे–छोटे टुकड़ों की तरह
उड़ जाने दो।

ऐसा करता हूँ कि मैं
अखरोट बन जाता हूँ

तुम उसे चुरा लो
और किसी कोने में छुपकर
उसे तोड़ो।

गेहूँ का दाना बन जाता हूँ मैं,
तुम धूप बन जाओ
मिट्टी–हवा–पानी बनकर
मुझे उगाओ
मेरे भीतर के रिक्त कोषों में
लुका–छिपी खेलो या कोंपल होकर
मेरी किसी भी गाँठ से
कहीं से भी
तुरत फूट जाओ।

तुम अँधेरा बन जाओ
मैं बिल्ली बनकर दबे पाँव
चलूँगा चोरी–चोरी।

क्यों न ऐसा करें
कि मैं चीनी मिट्टी का प्याला बन जाता हूँ
और तुम तश्तरी
और हम कहीं से
गिरकर एक साथ
टूट जाते हैं सुबह–सुबह।

या मैं गुब्बारा बनता हूँ
नीले रंग का
तुम उसके भीतर की हवा बनकर
फैलो और

बीच आकाश में
मेरे साथ फूट जाओ।
या फिर...
ऐसा करते हैं
कि हम कुछ और बन जाते हैं...।

नींव की ईंट हो तुम दीदी

पीपल होतीं तुम
पीपल, दीदी
पिछवाड़े का, तो
तुम्हारी ख़ूब घनी–हरी टहनियों में
हारिल हम
बसेरा लेते।

हारिल होते हैं हमारी तरह ही
घोंसले नहीं बनाते कहीं
बसते नहीं कभी
दूर पहाड़ों से आते हैं
दूर जंगलों को उड़ जाते हैं।

पीपल की छाँह
तुम्हारी तरह ही
ठण्डी होती है दोपहर।

ढिबरी थीं दीदी तुम
हमारे बचपन की
अचार का तलछल तेल
अपनी कपास की बाती में सोखकर

जलती रहीं।
हमने सीखे थे पहले–पहल अक्षर
और अनुभवों से भरे क़िस्से
तुम्हारी उजली साँस के स्पर्श में।
जलती रहीं तुम
तुम्हारा धुआँ सोखती रहीं
घर की गूँगी दीवारें
छप्पर के तिनके–तिनके
धुँधले होते गये

और तुम्हारी
थोड़ी–सी कठिन रोशनी में
हम बड़े होते रहे।,

नदी होतीं, तो
हम मछलियाँ होकर
किसी चमकदार लहर की
उछाह में छुपते
कभी–कभी बूँदें लेते
सीपी बन
किनारों पर चमकते।

चट्टान थीं दीदी तुम
सालों पुरानी।
तुम्हारे भीतर के ठोस पत्थर में
जहाँ कोई सोता नहीं निझरता,
हमीं पैदा करते थे हलचल
हमीं उड़ाते थे पतंग।

चट्टान थीं तुम और
तुम्हारी चढ़ती उम्र के ठोस सन्नाटे में
हमीं थे छोटे–छोटे पक्षी
उड़ते तुम्हारे भीतर

वहाँ झूले पड़े थे हमारी ख़ातिर
गुड्डे रखे थे हमारी ख़ातिर
मालदह पकता था हमारी ख़ातिर
हमारी गेंदें वहाँ
गुम हो गयी थीं।

दीदी, अब
अपने दूसरे घर की
नींव की ईंट हुईं तुम तो
तुम्हारी नयी दुनिया में भी
होंगी कहीं हमारी खोई हुई गेंदें
होंगे कहीं हमारे पतंग और खिलौने

अब तो ढिबरी हुईं तुम
नये आँगन की
कोई और बचपन
चीन्हता होगा पहले–पहल अक्षर
सुनता होगा क़िस्से
और यों
दुनिया को समझता होगा।

हमारा क्या है, दिदिया री!
हारिल हैं हम तो
आयेंगे बरस–दो बरस में कभी

दो–चार दिन
मेहमान–सा ठहरकर
फिर उड़ लेंगे कहीं और।

घोंसले नहीं बनाये हमने
बसे नहीं आज तक।

कठिन है
हमारा जीवन भी
तुम्हारी तरह ही।

अब लौटें

चौथे पहर दिन की
अन्तिम धूप
मैंने बचपन के दिनों का
वही साँवला नाम
ज़ोर से लिया।

छोटी–सी लड़की
अगली मोड़ पर दूऽर
बस्ता सँभालती
अदृश्य हो गयी।

सहजन के पेड़ ने
ज़ोरों से मंजीरा बजाया।
एक मैना ने
टिहरी मारी।
पका हुआ महुआ
कहीं टपका
टप्प से।

चौथे पहर की धूप
कितनी पारदर्शी हो जाती है

और कितनी कम देर
रुकती है।

मेरी हथेलियों में
कुछ देर पहले
जहाँ द्रवित हो रहा था
वह साँवला चेहरा

वहाँ अब
धूप भी तो नहीं है।

चलें अपना राम
अपने घर चलें
वह लड़की भी तो गयी
कई बरस हुए
अपने घर।

...भाई रे

बड़ा भाई नीम की छाँह में
खड़ा मालूम क्या कर रहा है

देर हुई
अब भाई नहीं
बैल है वहाँ
अधेड़, कत्थई और थका

समझदार
और शान्त।

नीम की ठण्डी छाँह में
नहीं है इतनी ठण्डक
कि ठण्डे हो सकें
भाई के गर्म फेफड़े
कि दुनिया–घर–परिवार
भूल–भाल सबकुछ
पागुर करता रहे।

यहाँ धूप में
मैं अभी कुछ देर और

ख़रगोश ही रहे आना
चाहता हूँ।
पर धूप
आख़िर धूप है
काया पलटते
देर कहाँ लगती है?

भाई रे
बघेरा बनूँ
कि बैल?

पूरी ताक़त से

मैं बीमार हूँ तीन दिन से
आदमी ने कहा पूरी ताक़त से
लेकिन किसी को
यक़ीन नहीं हुआ

मेरे गले से कभी–कभी कफ़ के साथ
ख़ून आता है और पेज बनाते–बनाते
अचानक सिर घूमने लगता है मेरा

इतनी कमज़ोरी मुझे
कभी महसूस नहीं हुई
आदमी ने कहना चाहा
अपनी समूची ईमानदारी और सच्चाई को
अपनी आवाज़ में समेटकर

मैं कम–से–कम दस घण्टे सोना
चाहता हूँ एक बार
क्या कहीं से मिल सकते हैं मुझे इतने घण्टे
बोनस के बतौर?

वह कम्पनी के सामने गिड़गिड़या

फिर अपने परिवार के सामने
कई दिनों बाद उसी तरह
फिर कभी वह कहेगा कि
मुझे तपेदिक हो सकता है कभी भी
लेकिन किसी को यक़ीन
नहीं होगा।

सामान्यतया ऐसा होता है

मेरी जलती हथेलियाँ
तीन साल के नर्म–भूरे सिर पर
सिर के मुलायम बालों पर
घूमती हैं

सामान्यतया ऐसा होता है
कि इस समय मैं कहना चाहता हूँ
कि ओ तीन साल के नन्हे–से सिर
मैं तुम्हें एक हलकी–सी थपकी के सिवा
एक चालू–सी पढ़ाई
सादे–से खाने के सिवा
और कुछ नहीं दे सकता।

ओ, तीन साल की नन्ही, इच्छाओ,
तुम्हारी उड़ान के लिए
तुम्हें पंख तक नहीं।

एक बिल्कुल ख़ाली
और शान्त
आकाश भी
नहीं।

हाँ, मैं कुछ कविताएँ ज़रूर दे सकता हूँ
जिन्हें पढ़कर,
जब तुम कुछ हासिल करने लायक़ हो जाओगे
तब अपने लिए कुछ हासिल करने की उम्मीद
ज़रूर
हासिल कर सकते हो!

पसली का दर्द

बहुत इच्छा थी
कि दोस्त उसकी ओर देखे
तो वह सबकुछ ठीक करने वाली हँसी हँसे
लेकिन दस मिनट से भी
अधिक वक़्त गुज़र चुका था
दोस्त उसकी ओर देख ही नहीं
रहा था और अपनी
एक साल की लड़की को
हो–हो करता
गुदगुदा रहा था।

कुछ देर बाद वह उठा
और बाहर निकल आया।

उसे लगा कि उसकी बाईं ओर की
तीसरी पसली में कुछ दर्द है।

मैं हार नहीं मानूँगा इस तरह
और सिर क्यों नीचा होने दूँ जबकि
मुझे होना ही क्या है ऐसी
बेहूदगियों से, मैंने भला ही किया

है आज तक, असल में बात यह थी
कि जाना ही नहीं चाहिए था
मुझे वहाँ।
'अब मैं ख़ुश हूँ'–उसने ज़ोर से कहा
और हलका होता हुआ हँसा।

यह वही हँसी थी
जो वह दोस्त के सामने हँसता।

लेकिन कुछ देर बाद उसे लगा
कि उसकी पसलियों के बीच में
कुछ अटका रह गया है
और दर्द
बढ़ रहा है।

'नहीं, मुझे दूसरी तरह से
हँसना चाहिए था'–उसने कहा।

'इस तरह से'–उसने
हँसने की कोशिश की।

उसकी बाईं कनपटी पर
एक नस मोटी होकर चिकल रही थी
और
उसकी दोनों हथेलियाँ
चेहरे से लौटने पर
भीग चुकी थीं।

एक शहर को छोड़ते हुए आठ कविताएँ

।। एक ।।

हम अगर यहाँ न होते आज तो
कहाँ होते, ताप्ती?

होते कहीं किसी नदी–पार के गाँव के
किसी पुराने कुएँ में
डूबे होते किसी बहुत पुराने पीतल के
लोटे की तरह
जिस पर कभी–कभी धूप भी आती
और हमारे ऊपर किसी का भी नाम लिखा होता।

या फिर होते हम कहीं भी
किसी भी तरह से साथ–साथ रह लेते।
दो ढेलों की तरह हर बारिश में घुलते
हर दोपहर गरमाते।

हम रात में भी होते
तो हमारी साँसें फिर भी चलतीं, ताप्ती,
और अँधेरे में
हम उनका चलना देखते, ताज्जुब से।

क्या हम कभी–कभी
किसी और तरह से होने के लिए रोते, ताप्ती?

॥ दो ॥

ताप्ती, एक बात है कि
एक बार मैं जहाज़ में बैठकर
अटलांटिक तक जाना चाहता था।

इस तरह कि हवा उलटी हो
बिल्कुल ख़िलाफ़।
हवा भी नहीं बल्कि तूफ़ान या अन्धड़
जिसमें शहतीरें टूट जाती हैं,
किवाड़ डैनों की तरह फड़फड़ाने लगते हैं,
दीवारें ढह जाती हैं और जंगल मैदान हो जाते हैं।

मैं जाना चाहता था दरअसल
अटलांटिक के भी पार, उत्तरी ध्रुव तक,
जहाँ सफ़ेद भालू होते हैं
और रात सिक्कों जैसी चमकती है।

और वहाँ किसी ऊँचे आइसबर्ग पर खड़ा होकर
मैं चिल्लाना चाहता था
कि आ ही गया हूँ मैं आख़िरकार, ताप्ती
उस सबके पार, जो मगरमच्छों की शातिर, मक्कार
और भयानक दुनिया है और मेरे दिल में
भरा हुआ है बच्चों का–सा प्यार
तुम्हारे वास्ते।

लेकिन इनका क्या किया जाये
कि मौसम ठीक नहीं था
और जहाज़ भी नहीं था!

और सच बात तो यह है, ताप्ती
कि मैंने अभी तक समुद्र ही नहीं देखा!

और ताप्ती...
सिर्फ़ उस नदी का नाम है
जिसे स्कूल में मैंने बचपन की क़िताबों में पढ़ा था।

।। तीन ।।

एक दिन हम
नर्मदा में नहायेंगे
दोनों जन साथ–साथ।

नर्मदा अमरकंटक से निकलती है,
हम सोचेंगे और
न भी निकलती तो भी
साथ–साथ नहाते हम, तो अच्छा लगता।

फिर हम एक सूखे पत्थर पर
खड़े हो जायेंगे...धूप तापेंगे।

फिर ख़ूब अच्छे कपड़े पहनेंगे
ख़ूब अच्छा खाना खायेंगे
ख़ूब अच्छी–अच्छी बातें करेंगे

एक ख़ूब अच्छे घर में बस जायेंगे।
हमें ख़ूब अच्छी नींद आया करेगी
रातों में और
हमारा ख़ूब–ख़ूब अच्छा–सा जीवन होगा।

ताप्ती, देखना
क्या मुझे बहुत विकट
हँसी आ रही है?

।। चार ।।

हम एक
टूटे जहाज़ के डेक की तरह हैं
और हमें अपने ऊपर
खेलते बच्चों की ख़ातिर
नहीं डूबना है
हमें लड़ना है समुद्र से और
हवा से और सम्भावना से।

जो तमाशे की तरह देख रहे हैं हमारा
जीवन–मरन का खेल
जिनके लिए हम अपने विनाश में भी
नट हैं दो महज़।

कठपुतलियाँ हैं हम
हमारी संवेदनाएँ काठ की हैं
प्यारा हमारा शीशम का मरा हुआ पेड़ है
जिनके लिए

उन सबकी भविष्यवाणियों के ख़िलाफ़
हमें रहना है...
रहना है, ताप्ती।
हम उनके बीजगणित के हर हल को
ग़लत करेंगे सिद्ध और
हर बार हम
उगेंगे सतह पर।

और हमारी छाती पर
दुनिया के सबसे सुन्दर और
सबेस आज़ाद बच्चे खेलेंगे।

डूबेंगे नहीं हम
कभी भी, ताप्ती,
डेक हैं टूटे जहाज़ का
तो क्या हुआ?

।। पाँच ।।

अच्छा हो अगर
हम इस शहर की सबसे ऊँची और खुली छत पर
खड़े होकर पतंग उड़ायें।

और हम ज़ोर–ज़ोर से हँसें
कि देख लो हम अभी भी हँस सकते हैं इस तरह
और गायें अपने पूरे गले से
कि जान लो हम गा भी रहे हैं
और नाचें पूरी ताक़त–भर

कि लो देखो
और पराजित हो जाओ।
हम इस शहर की
सबसे ऊँची और
सबसे खुली छत पर हों दोनों जन
और वहाँ से चीख़ें, एक–दूसरे के पीछे दौड़ें
किलकारी मारें, कूदें और ढेर सारी रंगीन पन्नियाँ
हवा में उड़ा दें।

इतना कपास बिखरे दें।
शहर के ऊपेर
कि फुहियाँ–ही–फुहियाँ दिखें सब तरफ़।

फिर हम उतरें
और रानी कमला पार्क के बूढ़े पीपल को
ज़ोर से पकड़कर हिला दें, फिर एक पैडलवाली
नाव लेकर तालाब के पानी को मथ डालें
इतना हिलोड़ दें
कि वह फुहार बन जाये
और हमारे ग़ुस्से की तरह
सारे शहर पर बरस जाये।

ताप्ती, चलो
फिर दूरबीन से देखें
कि शहर के सारे सम्पन्न और सम्भ्रान्त लोग
कितने राख हो चुके हैं
और उनकी भौंहों में कितना
कोयला
जमा हो चुका है।

।। छह ।।

एक दिन हम अपना सारा सामान बाँधेंगे
और रेलगाड़ी में बैठकर चल पड़ेंगे, ताप्ती!

एक नज़र तक हम नहीं डालेंगे
ऐसी जगह, जहाँ
इतने दिनों रहते हुए भी हम रह नहीं पाये

जहाँ दिन–रात हम हड्डियाँ गलाते रहे अपनी और
लोगों के भीतर किसी द्रव की खोज में
हँसते रहे।

हम चाहेंगे ताप्ती कि
इस जगह को भूलते हुए हमें **ख़ूब** हँसी आये
और अपनी बातचीत में
हँसते हुए हम इस जगह का अपमान करें
सोचें कि एक दिन ऐसा हो
कि सारी दुनिया में ऐसी जगहें कहीं न हों।

फिर ताप्ती, खिड़की होगी
और पेड़ दौड़ेंगे एक चक्कर में
और कोई बछड़ा मटर के खेतों के पार उतरेगा।

एक के बाद एक गाँव और शहर
पार करते चले जायेंगे हम अपने सफ़र में

रेलगाड़ी की खिड़की के बाहर
दुनिया घूमती ही रहेगी

मिट्टी के कत्थई घरों से भरी
हरी दुनिया।

फिर मैं कहूँगा
हमने अच्छा किया, बहुत अच्छा किया
कि हमने उन्हें छोड़ा
जो छोड़े ही हुए थे हमें और हमारे जैसे बेइन्तहा लोगों को
शुरू से ही, अपनी सँकरी दुनिया के लिए।

हम ऐसे चन्द चालू सम्बन्धों की
परछाईं तक को कर देंगे नष्ट
अपनी स्मृति से

और चल पड़ेंगे अपना सारा सामान समेटकर
एक के बाद एक गाँव और शहर
और जीवन और अनुभव पार करेंगे।

लेकिन हम
आख़िर में ठहरेंगे
कहाँ, ताप्ती?

।। सात ।।

सामने की
ऊँची ढीह पर, बबूल के नीचे
एक घर, आधा बनाकर छोड़ दिया गया जो
वर्षों पहले।
उस घर की ईंटें

पत्तियों और काँटों के साथ
मिट्टी हो रही है।

उन ईंटों को
कभी न छू पायीं जीवित ऐन्द्रिक साँसें

मिट्टी होती, रेत होती,
हवा होती
पुरानी पत्तियों में से उठता है तुम्हारा शरीर
ताप्ती,
अधूरा ही छोड़ दिये गये किसी मकान जैसा,
बिना हाथों का
एक धड़,
अधूरा।

ताप्ती, कहाँ हैं तुम्हारी खिड़कियाँ
जिनसे रोशनी आती है?
कहाँ है वह दहलीज जिसे मैं पार करूँ
तुम्हारी आतुरता में भरा हुआ?

ताप्ती, तुम्हारी ईंटें
बबूल के पत्तों और काँटों के साथ
रेत हो रही हैं
प्रतिक्षण नष्ट होती जा रही हो तुम
हवा और समय के साथ।

ताप्ती,
एक अधूरी काया,
ताप्ती एक अधूरी आत्मा,
ताप्ती, जो एक नदी का नाम नहीं है सिर्फ़।

ग़लती, नष्ट होती पत्तियों में से
उठता है तुम्हारा अधूरा शरीर, बिना हाथों का।
अपमान, दरिद्रता और काँटों में बिंधा।

और फिर भी
एक ताज़ा–ताज़ा फूल लिए
तुम मेरी तरफ़ बढ़ना चाहती हो।

।। आठ ।।

यह ठीक है
कि बहुत मामूली बहुत
साधरण–सी है यह हमारी लड़ाई
जिसमें जूझ रहे हैं हम
प्राणपन के साथ।

और गहरे घावों से भर उठा है हमारा शरीर
हमारी आत्मा।

इस विकट लड़ाई को
कोई क्या देखेगा हमारी अपनी आँख से?

निकलेंगे एक दिन लेकिन
हम साबुत इस्पात की तरह पानीदार
तपकर इस कठिन आग में से

अगले किसी बड़े
महासमर के लिए।

कविता

(सुभाष मुखोपाध्याय की एक बंगला कविता से प्रेरित)

कट तो रहे थे
दुख–सुख के दिन
चुप–चुप।

चुप–चुप।
गयी साँझ बारिश की
जैसे हलकी बूँदें।
चुप–चुप।
चैत–जेठ के
लम्बे–लम्बे पाँवों वाले
बूढ़े बाबा की दाढ़ी जैसे
मैले–उजले
उलझे बूढ़े दिन।

भूखी–प्यासी
नींद–गर्द से भरी देह
यह
सूना पिंज़रा।

इतना सूना
नदियाँ–जंगल सब पत्थर के।

ढेले–माटी
पेड़–पहाड़
फूल–तितलियाँ
सब पत्थर के।
सब पत्थर के।
पत्थर के सब रिश्ते–नाते
पत्थर के सब।

कविता से पहले।
यह सबकुछ
बीत रहा था
जैसे–तैसे
कहते–सुनते।

चुप–चुप
हँसी–ठिठोली
बात–बतकही
रोना–जीना

जैसे–तैसे
सहज भाव से।

लेकिन कविता के आते ही
सबकुछ
व्याकुल
और अशान्त।

इतना गुस्सा

इतनी आँधी
इतनी पीड़ा!

उथल–पुथल
हड़कम्प मचाकर
कविता ने
जीवन को क्यों
ऐसा मथ डाला?

(मेरे
सुखजीवी
कायर मन को
छल डाला)

अलबम

अभी भी
इतनी रोशनी थी कि वह
पिछली कई चीज़ों को
देख सकता था।

उसने अलबम निकाला और
सोचने लगा–
बचपन के दिनों में
अम्माँ के दिमाग़ में इतनी
ख़राब दुनिया न रही होगी
उसने सोचा भी न होगा कि वह
मुझे कहाँ भेज रही है।

उसने देखा कि एक क्रीज़ की हुई
चौख़ानेदार क़मीज़ में वह
हँस रहा है
पीछे एक चादर टँगी है
जिसके बीच में
एक ख़ूब बड़ा–सा गुलदस्ता है।

कमरे में अभी तक

इतना उजाला था कि
वह आने वाली बहुत–सी चीज़ें
देख सकता था।

यह एक किताब थी
वह सोचने लगा, बुरे दिन जायेंगे
जैसे अच्छे दिन गये।

उसने देखा, उसके बच्चे साइकिल की
घण्टियाँ बजा रहे थे
वे बच्चे भी नहीं रह गये थे, बड़े थे
और सुन्दर थे

लेकिन पत्नी बूढ़ी हो चुकी थी,
वह बहुत दुबली थी और बीमार लग रही थी।
उसने सूती साड़ी पहन रखी थी
और बरतनों को ठीक करने में लगी थी।

पिछली और अगली चीज़ों के बीच
वह अकेला बैठा था
फ़र्श पर।

अन्त में जब वह उठा
कमरे में अँधेरा सरक रहा था
उसके हाथ में
दुबारा गर्म किये जाने के लिए
चाय का कप था

जिसमें उसका बीमार चेहरा
गिरा हुआ था।

घोड़े की सवारी

लड़का उसे बड़ी देर से
घोड़ा कहकर
उसकी टाँगों पर
चढ़ रहा था।

वह लेटा हुआ था पीठ के बल।
बायें घुटने पर
दायीं टाँग थी
जो लड़के के लिए घोड़े की
पीठ थी।

उसके पैर के अँगूठे को लड़का
घोड़े के कान की तरह
ऐंठ रहा था।

उसने टाँगें हिलायीं धीरे से कि
लड़का गिरे नहीं
'चला घोड़ा, चला' लड़के ने
ताली पीटी और जीभ से
चख्–चख् की आवाज़ निकाली।

उसके सिर में दर्द था सुबह से ही
वह सोना चाहता था तुरत
लेकिन लड़के ने घण्टे–भर से उसे
घोड़ा बना रखा था।

अचानक लड़का गिरा फ़र्श पर
उसका माथा दीवार से टकाराया
उसे लगा, लड़के को
चोट ज़रूर आयी होगी।

उसने वापस आदमी होने की
कोशिश की और
उठकर बैठ गया।

वह लड़के को चुप कराना
चाहता था।

लेकिन उसके गले में से
थके हुए घोड़े की
हिनहिनाहट निकली सिर्फ़!

अजगर की नींद

सबसे पहले दिन फिरेंगे
घूरे के
फिर मेरे फिरेंगे।

दिन इसके बाद
सोने चले जायेंगे।

अजगर की तरह
सोते हैं दिन
सूँसाट अँधेरी जगहों में
किसी बाँबी या खोह में छुपकर
झाग और भाप जैसी
साँस छोड़ते हैं।

रात में कभी
ढूँढ़ों घास की पत्तियों के नीचे
तो झींगुर होकर
फुदक लेते हैं

कि पकड़ना भी मुश्किल।

कभी—कभी
दिन झरते रहते हैं

बर्फ़ की तरह हमारी पलकों पर।
इतने हलके होकर
हवा में मिल जाते हैं
कि पता भी नहीं चलता
कि इस हवा में दिन भी हैं।

इतने हलके
कि सोचने लगो
तो सोचने तक में नहीं आते।

लेकिन दिन
फिरते ज़रूर हैं
जैसे मेरे फिरेंगे
एक दिन।

घूरे के बाद।

फिर सोने चले जायेंगे।

और, दिन जब
सोने लगेंगे
तो फिरने से रहे।

तुम बैठे रहोगे
घुटनों में
कनपटी दबाये।

मैं घास की पत्तियों के नीचे
छिपे झींगुरों को
दौड़ता रहूँगा।

घर की दूरी

आलू दो रुपये किलो थे
मैंने डेढ़ किलो ख़रीदे।

अगर ये आलू
जो झोले के अँधेरे में हैं
रास्ते में कहीं
हरी मिर्चों में बदल जायें
अदरक या धनिया हरी पत्ती बन जायें
तो पत्नी क्या समझेगी?

कि ज़रूर मैंने
दोस्तों को चाय पिला दी है
या पानवाले का
उधार पटा दिया है
और अब बहाने बना रहा हूँ।

मैं बहुत
डर गया
क्योंकि
अभी भी घर दूर था!

रात का फूल

एक फूल
रात की किसी अन्धी गाँठ में
घाव की तरह खुला है
किसी बंजर प्रदेश में

और उसके रंग में जादू है

टूटती हुई गृहस्थी,
छूटती हुई नौकरी, अपमान और असुरक्षा
के तनाव में टूटते हुए मस्तिष्क से
निकली है कोई कविता
जिसके क्रोध और दुख और घृणा में
कला है

ख़ाली बरतनों, दवाइयों की शीशियों
और मृत्यु की गहरी गन्ध से भरे
कमरे में
हँसता है वह ढाई साल का बच्चा

और उसके दूधिया दाँतों में
ग़ज़ब की चमक है!

मेरी बारी

पाँच साल से
मरे हुए दोस्त को
चिट्ठी डाली आज

जवाब आयेगा
एक दिन

कभी भी

सीढ़ी, शोर,
टेबिल, टेलीफ़ोन से भरे
भवन की
किसी भी एक
मेज़ पर
मरा हुआ

मैं उसे पढ़ते हुए
हँसूँगा

कि लो,
आख़िर मैं भी!

एक दिन जलूँगा मैं

एक दिन जलूँगा मैं .
दिन–दहाड़े
मेरी किताबें और जेब के सिक्के तक
जलेंगे

सबसे पहले जलेगा मेरा घर
फिर पड़ोस की छत
फिर पत्नी के हाथ

आओ सारे मौसमो, सारे देशो–दिशाओ
के घटाटोप बादलो
आओ भादों–आषाढ़ की
भारी–भारी नम काली हवाओ

आओ सारी दुनिया के अच्छे
परदुख–कातर मनुष्यो
अपने हृदय में भरकर पानी

आओ कि इस बार
जलने वाला मैं हूँ।

दरवाज़ा

आदमी दरवाज़े के भीतर से
और दरवाज़े के बाहर से
डरता है।

दरवाज़ा दो डरों के बीच
मरा हुआ पेड़ होता है।

दरवाज़ा मरे हुए जंगल की
काठ का होता है
जिसमें दाख़िल होने के बाद
आदमी मर जाता है।

दरवाज़ा मरी हुई ऋतुओं की
लाश का होता है
जिससे गुज़रने के बाद
आदमी मर जाता है।

दरवाज़ा आदमी के सो जाने के बाद
रेंगता है।
उसकी छाती में खुलता है,
सपनों को भीतर
बन्द कर देता है।

दरवाज़ा नींद में सेंध लगाकर
घुसता है और
आदमी के दिमाग़ में जंगल छोड़ देता है।

नींद में बर्राता है आदमी,
दरवाज़ा सब समझता है।
हँसता है धीरे–धीरे।
साँकल नाचती है,
पीतल के मज़बूत ताले
दाँत निकालते हैं।

आधी रात दरवाज़े की काठ में
बनैले पशुओं का ख़ून दौड़ता है
गुर्राता हुआ...
पेड़ की जड़ों में दफ़न हुए बच्चे
रोते हैं
बीच जंगल में मरी हुई स्त्रियों की आत्माएँ
कराहती हैं और टहलती हैं।

सोता हुआ आदमी
बेफ़िक्र होता है कि
दरवाज़ा मुस्तैद है।
साँकल चढ़ी हैं
कब्ज़े मज़बूत हैं।

नहीं जानता
नींद में डूबा हुआ आदमी
कि दरवाज़ा रात में
दुश्मनों को पुकारता है

बीमारियों को इशारे करता है
जंगल में मरे हुए
बच्चों और स्त्रियों को
भीतर ले आता है।

बच्चे आदमी की स्मृति में रोते हैं।
आदमी की स्मृति में नंगे पाँव चलती
पुरानी स्त्रियाँ हँसती हैं।

यह एक डरावना सच है कि
रात में दरवाज़ा
हमेशा खुला रहता है

नोनो

नोनो,
बूढ़े हो गये पापा।
दग़ा दे जायेंगे एक दिन दाँत और बाल
अक्षर हो जायेंगे सारे ग़ायब आँख के सामने से
और फिर
और तो और
नोनो भी पहचान नहीं पायेगा।

दग़ा दे जायेगा किसी दिन
धड़कता दिल।
हांऽ...हांऽऽ करती चलेगी धूल–भरी आँधी
पापा धूप में मिल जायेंगे
उड़ जायेंगे
पीपल के सारे कौए।

एक लम्बा ख़ाली निर्जन सफ़ेद मैदान होगा जिसमें
दौड़ता–दौड़ता–दौड़ता नोनो ख़ूऽब लम्बा हो जायेगा।

नोनो, नोनो
मुझे कस के पकड़ना
यह सारा कमरा काँपने लगा है
शरीर जैसा।

शत्रु

वे कई थे
बचपन के अँधेरे से रेंगकर
आज तक के अन्धकार में सरकते हुए
ताक़तवर, मरघिल्ले, आलसी,
मूर्ख और लद्धड़

मध्य–निम्न मध्यवित्त के दलदल में अपनी
कछुओं जैसी पीठ ढोते

मैंने शत्रुओं को बीनना शुरू किया
अपनी जेबों से, किताबों की आलमारी,
पुरानी चिट्ठियों, तस्वीरों
अपनी क़मीज़ और
कभी के छोड़े गये क़स्बों–मुहल्लों से

एक को तो मैंने अपनी नींद में धर दबोचा
जहाँ वह मसखरे का मुखौटा लगाकर
मुझे डरा रहा था
दूसरे को मैंने बीस साल पुरानी खाई में
धकेला और
किसी उखड़ते पेड़ की कराह सुनकर शर्मिन्दा हुआ

एक मारा गया मेरी पत्नी के हाथों
जिसने जान लिया था उसका सारा भेद

शत्रुओं को मैंने सहानुभूति दी उनके बुरे दिनों में
और शत्रुओं ने भी कहा
हम दुखी हैं बहुत आपके हाल पर
वह पाँचवाँ या छठा था जो मारने आया था मुझे
वह मेरी दवाइयाँ ख़रीदने दौड़ गया
एक बार मैं सातवें का ख़ून करने गया था
और उसके ढाई साल के बच्चे को
ढाई घण्टे तक बहलाता रहा
ढाई घण्टे अपने कन्धों पर उसे टहलाता रहा

एक था, जो सबसे अजातशत्रु था
और ख़ुद को कालपुरुष कहता था
उसने बच्चे पैदा कर डाले थे इस बीच
और धचकता चला आ रहा था
जूट के झोले मे आधा किलो प्याज़ रखे

मेरे हाथ में किताबें देखकर वह हँसा
जैसा कोई सबको धोखे में डालकर मरे और
पकड़ लिए जाने पर
क्षमापूर्वक हँसे

उसके अनुसार
पिछली चीज़ें असावधानी में हुईं
और खेलकूद में
घाव तो हो ही जाते हैं
उसने कहा कि उनकी आत्मा के निर्मल जल में

मैं एक दक्षिणावर्त शंख की तरह
विराजमान हूँ

फिर उसने छोड़ा सारा लिहाज़
और माँगे तीस रुपये उधार

मैं हँसा बड़े दिनों के बाद
क्योंकि अपने रक्त के अलावा
मेरे पास इन दिनों नहीं था कोई दूसरा सिक्का।

अबूतर-कबूतर

तानाशाह की खोज

वह अभी तक सोचता है
कि तानाशाह बिल्कुल वैसा ही या
फिर उससे मिलता–जुलता ही होगा

यानी मूँछ तितली–कट, नाक के नीचे
बिल्ले–तमग़े और
भीड़ को सम्मोहित करने की वाक्पटुता

जबकि अब होगा यह
कि वह पहले जैसा तो होगा नहीं
अगर उसने दुबारा पुरानी शक्ल और पुराने कपड़ों में
आने की कोशिश की तो
वह मसखरा ही साबित होगा

भरी हो उसके हृदय में कितनी ही घृणा,
दिमाग़ में कितने ही ख़तरनाक इरादे

कोई भी तानाशाह ऐसा तो होता नहीं
कि वह तुरत पहचान लिया जाये
कि लोग फ़ज़ीहत कर डालें उसकी
चिढ़ायें, छुछुआयें

यहाँ तक कि मौक़े–बे–मौक़े बच्चे तक पीट डालें
अब तो वह आयेगा तो उसे पहचानना भी मुश्किल होगा
हो सकता है, वह कहता हुआ आये कि मैं इस
शताब्दी का सबसे ज़्यादा छला गया व्यक्ति हूँ
और वह विनोबा भावे और सन्त तुकाराम के बारे में
बात करे या सफ़ेद–सफ़ेद कपड़े पहनकर
सफ़ेद–सफ़ेद कबूतर उड़ाये या निश्शस्त्रीकरण
की बात करे
उसका चेहरा सफ़ाचट हो, चेहरे में झुर्रियाँ हों
और वह सेना और पुलिस के होने के ही ख़िलाफ़ हो

वह भाषणों में करता हो चिड़ियों
और बच्चों से बेतहाशा प्यार
कहीं उसने बनवा दिया हो अस्पताल,
कहीं खोल दी हो प्याऊ, कहीं कोई
धर्मशाला,
कोई नृत्यकेन्द्र,
कोई पुस्तकालय

सम्भव है
हमारे बीच के लोग हमसे बहस करें
और कहें
कि यह है प्रमाण उसकी संवेदनशीलता का
और यह भी बिल्कुल सम्भव है
कि उस वक़्त उसको शान्ति का नोबेल पुरस्कार
दिया जा चुका हो या उसका नाम
उस सूची में सबसे ऊपर हो।

मदारी का खेल

वे दो आदमी ही थे
दरअसल

एक था जो ख़ुद को मदारी कहता था
दूसरे के बारे में वह कहता था–
'यह भालू है
काले वन में रहता है
लाल पानी पीता है
और मदारी की दी हुई रोटी खाता है'

मदारी के पास
एक पुराना धर्मग्रन्थ था
जिसे वह क़ानून की किताब कहता था,
जिसमें लिखा था
कि भालू के बारे में सोचने
भालू के बारे में बोलने
भालू के बारे में कुछ भी करने का हक़
मदारी को ही है

जबकि दूसरा भी,
जिसे मदारी भालू कहता था

आदमी ही था दरअसल।
लोग, जो तमाशा देखने आते,
जानते थे कि दूसरा भालू तो नहीं है हरगिज़,
आदमी ही है
मदारी उसे भालू कहता भी है
तो भी यह झूठ है।

मदारी और भालू की तुलना में
भालू उन्हें ज़्यादा
अच्छा आदमी लगता था।

फिर भी जो लोग तमाशा देखते
वे डरते थे कि
अगर उन्होंने कुछ कहा
तो कहीं उन्हें भालू न बनना पड़े।
मदारी उन्हें बहुत ख़तरनाक, जादुई
और रहस्यपूर्ण लगता था।

मदारी के पास ख़तरनाक हथियार थे
मन्त्र थे, तन्त्र थे
और सबसे बड़ी बात कि
उसके पास वह धर्मग्रन्थ भी था,
जिसे वह
क़ानून की किताब कहता था।

जो भालू बना था
और दरअसल आदमी था
वह जान गया था
कि लोग जानते हैं कि उसे झूठ–मूठ

भालू बना दिया गया है
कि वह काले वन में नहीं रहता
कि वह लाल पानी नहीं पीता
कि वह सफ़ेद अण्डे नहीं देता

और लोग यह भी जानते हैं
कि नकेल की दस्ती खींची जाये तो
दर्द तो बहुत होता है।
सबसे बड़ी बात यह है कि
लोग इसे भी जान गये हैं आख़िरकार
कि मदारी भालू को नहीं,
भालू मदारी को
पाल रहा है।

तो एक दिन
जब मदारी भालू को पीटते–पीटते
हाँफने लगा और थककर
सो गया

तो झूठ–मूत के भालू ने देखा
कि उसके नाख़ून सचमुच के भालू की तरह
बढ़ गये हैं, रोएँ हैं समूचे शरीर में
दाँत हैं पैने और नुकीले

और गले में से
भालू जैसी ही गुर्राहट निकल रही है।

झूठ–मूठ का भालू जब
मदारी की ओर बढ़ रहा था

तो उसने देखा कि
भीड़ चारों तरफ़ इकट्ठा थी
और लोग
ताली बजा रहे थे

और वहाँ चारों ओर
छोटे–छोटे
गुब्बारे उड़ रहे थे।

चौथा शेर

अशोक स्तम्भ का
चौथा शेर कहाँ है?

पूछा राजपथ पर खड़ी
भीड़ ने–

इधर से देखो तो तीन दिखते हैं–
पश्चिम की भीड़ ने कहा।
इधर से देखो
तीन ही दिखते हैं–
पूर्व के जनसूमह ने कहा।
इधर से भी तीन–
दक्षिण से आवाज़ उठी,

और इधर भी–
उत्तर गूँजा।

तो, चौथा शेर कहाँ है?
राजपथ पर
एक इतिहास–दिवस पर
इकट्ठा हुई भीड़

पूछ रही थी बार–बार।
पहली बार पूछा गया था
यह सवाल राजपथ पर
एकत्र हुई भीड़ द्वारा।

वहाँ हवा रुक गयी थी,
सूरज का पहिया
थम गया था,
पेड़ सुन्न खड़े थे
सड़क के अग़ल–बग़ल

और आकाश में
रहस्य की तरह यह सवाल
टँगा था।

भीड़ के बीच एक आदमी, जो चुप था बड़ी देर से
धीरे–धीरे आगे बढ़ा
वह अशोक स्तम्भ के नीचेवाले
सफ़ेद चबूतरे पर
खड़ा हो गया था।

देखो आज का अख़बार
देखो इसमें छपी हुई ख़बरें
कल कहाँ–कहाँ
क्या–क्या घटा
जानने की कोशिश करो।

अख़बार में
काले अक्षरों में छपी

ख़ौफ़नाक ख़बरें थीं
भरी पड़ी थीं ऐसी ख़बरें
जिनमें मौत की
विषाक्त साँसें थीं
रुदन थे सदियों पुराने

बीस मारे गये कर्नाटक में
बिहार में तीस,
बंगाल में चालीस, पंजाब में
पचास

लोग मरे
लोग लापता हुए
लोगों ने आत्महत्याएँ कीं, लोग निकाले गये,
लोग छाँटे गये,
लोगों ने सबकुछ गँवाया

कुछ डूबे,
कुछ औरतें गुम हुईं,
कुछ बच्चे बाहर खेलते
ग़ायब हुए सदा के लिए।

चबूतरे पर खड़े
आदमी ने पूछा
राजपथ पर
उस ऐतिहासिक दिवस पर
एकत्र हुई भीड़ से सवाल–

क्या अब भी

बचा है जानना बाक़ी
कि आख़िर कहाँ–कहाँ
रहा है कल
अशोक स्तम्भ का
चौथा शेर?

देखो आज की तारीख़ का
ताज़ा अख़बार

फ़िक्र करो
कल कहाँ जायेगा?

पता लगाओ
आज कहाँ
मौजूद है
अशोक स्तम्भ का
कभी न दिखायी पड़ने वाला
चौथा शेर?

राज्यसत्ता

राज्यसत्ता
तिहाड़ की दीवाल है
भागलपुर की तेज़ाब है
अन्तुले की नैतिकता और
जगन भाई का लोकतन्त्र है।

राज्यसत्ता
अभिव्यक्ति की स्वतन्त्रता का
क़ानून है
और जो इस क़ानून की ज़द में है
उसे बोलने नहीं देती राज्यसत्ता

राज्यसत्ता
'प्रजातन्त्र' का प्रजापति है
और 'प्रजा' अगर 'तन्त्र' से
टकराती है कभी
तो तन्त्र की हिफ़ाज़त में तैनात
बन्दूक़ की नाल से
बोलती है राज्यसत्ता–
कि सुनो मेरी प्यारी–प्यारी प्रजा
तुम्हें तन्त्र के भीतर ही

प्रजा होने का हक़ है
पुलिस और फ़ौज
सचिवालय और न्यायालय
कर्फ़्यू और गोली
प्रजा और तन्त्र के सम्बन्धों की
संवैधानिक व्याख्याएँ हैं।

राज्यसत्ता कहती है–
कविता को नहीं होना चाहिए
राज्यसत्ता के बारे में
क़ानून के बारे में नहीं होनी चाहिए
कोई कविता
तन्त्र के बारे में
कविता को नहीं होना चाहिए
कविता को होना चाहिए
सिर्फ़ चाहिए जैसी कविता
के बारे में।

राज्यसत्ता
अस्सी प्रतिशत लोगों की आँख में
बूट और बारूद की सत्ता है,
पाँच प्रतिशत लोगों के हाथ में
मनमाना राज्य
और बाक़ी हम जैसों के दिमाग़ में
राज्यसत्ता।

और तमाम किताबों
और संविधानों और भाषणों के बाद
अन्ततः राज्यसत्ता

सीसे की ढली हुई
दो औंस की गोली हैं।

इस वक़्त दिन में
जब ठीक बारह बजकर
ठीक दो मिनट हुए हैं
तब क्या यह बिखरी–बिखरी–सी कविता
राज्यसत्ता से पूछ सकती है

कि ठीक इस वक़्त
राज्यसत्ता
दो औंस के सीसे में ढलकर
किस शहर के
किस जुलूस के
किस मनुष्य के सीने के
गरम–गरम ज़िन्दा रक्त में
मृत्यु बनकर
प्रवेश कर रही है?

दो हाथियों की लड़ाई

।। एक ।।

दो हाथियों का
लड़ना
सिर्फ़ दो हाथियों के समुदाय से
सम्बन्ध नहीं रखता।

दो हाथियों की लड़ाई में
सबसे ज़्यादा कुचली जाती है
घास, जिसका
हाथियों के समूचे कुनबे से
कुछ भी लेना–देना नहीं।

जंगल से भूखी लौट जाती है
गाय
और भूखा सो जाता है
घर में बच्चा

दो हाथियों के
चार दाँतों और आठ पैरों द्वारा
सबसे ज़्यादा घायल होती है

बच्चे की नींद,
सबसे अधिक असुरक्षित होता है
हमारा भविष्य।
दो हाथियों की लड़ाई में
सबसे ज़्यादा
टूटते हैं पेड़

सबसे ज़्यादा मरती हैं
चिड़ियाँ
जिनका हाथियों के पूरे क़बीले से कुछ भी
लेना–देना नहीं

दो हाथियों की
लड़ाई को
हाथियों से ज़्यादा
सहता है जंगल।

और इस लड़ाई में
जितने घाव बनते हैं
हाथियों के उन्मत्त शरीरों पर
उससे कहीं ज़्यादा
गहरे घाव
बनते हैं जंगल और समय
की छाती पर।

जैसे भी हो
दो हाथियों को
लड़ने से रोकना चाहिए।

।। दो ।।

विद्वता
स्नान करने गयी,
उसने धर्मग्रन्थ देखा।

नहा–धोकर
वह पूजा करने पटरे पर
बैठी।
फिर उसने
माथे पर
रोली लगायी, घण्टी हिलायी
तुलसी की पत्तियाँ चबायीं।

और तब
विद्वत्ता बोली–
अध्यात्म ही उपचार है,
धर्म ही विकल्प है।
लोग प्रेम से रहें
तो शान्ति स्थापित होगी।

संसार के
सबसे बड़े बनिये ने
विद्वत्ता के पैरों पर
माथा टेका।

संसार के सबसे क्रूर तानाशाह ने
रुद्राक्ष धारण किया।
विद्वत्ता

इस तरह
सम्मानित रही आयी।

।। तीन ।।

मैंने
अन्त में कहा–

विश्वयुद्ध के विरोध का मतलब
समूची विचारधारा का
विरोध नहीं
निर्मल जी!

यह तय है
कि एक सही राजनीति और सही विचारधारा ही
कभी–न–कभी इसे रोक पायेगी!

खेल

जो लड़का
सिपाही बना था
उससे दूसरे लड़के ने
अकड़कर कहा–

'अबे राजा की पूँछ के बाल
मैं चोर नहीं हूँ'

और खेल
बिगड़ गया।

एक था अबूतर, एक था कबूतर

अबूतर और कबूतर
दोनों सिक्के के दो पहलू
भेड़िये की मूँछ के दो बाल
अपने मालिक के पक्के दलाल।

अबूतर ज़रा लम्बा, कुछ गोरा, थोड़ा शान्त और चुप
कबूतर ज़रा ठिगना, कुछ साँवला, थोड़ा बातूनी और बिगड़ैल।

दोनों जुड़वाँ नहीं थे।
अलग–अलग ग़रीब कोख में जनमे
ग़रीबी में पले और बढ़े,
अलग–अलग दो जगहों से आये,
फिर अपनों से दग़ा किया।

भेड़िया किसी पर बिगड़ता
तो दोनों भौंकते
एक सुर, एक ताल, एक लय, एक संगीत में।
मशहूर थी सत्ता–राग में दोनों ही
जुगलबन्दी।

अबूतर ने ख़ास पढ़ा नहीं था

लेकिन पढ़े हुओं को काटता था।
कबूतर ने ख़ास लिखा नहीं था
लेकिन लिखे हुओं को डाँटता था।

अबूतर–कबूतर के पीछे भेड़िया पलटन थी
लोमड़ जमात थी, सत्ता थी,
पूरी कटखनी सल्तनत थी

जब फटी क़मीज़, बिखरे बाल, ख़ाली पेट
और बेचैन दिमाग़ का दिखता कोई आदमी
तो अबूतर चिल्लाता–'मनहूस'
कबूतर कहता–
'दुश्मन का जासूस'

मालिक ख़ुश होता, दोनों खिलखिलाते
वह गाता, दोनों सुर मिलाते
वह उदास दिखता, दोनों अपना कलेजा पकड़कर रोते

मालिक बिगड़ता
दोनों भौंकते
हुलकारता, वे काटने के लिए दौड़ते
वह छींकता, ये पादते
वह खाता, ये डकारते

लेकिन अबूतर के बच्चे
दुश्मनों के बच्चों के साथ
भेड़िये को मारने का खेल खेलते
कबूतर की बीवी

दुश्मन औरतों के साथ
भेड़िये के अत्याचारों के क़िस्से कहती–सुनती

अबूतर और कबूतर
दोनों भेड़िये की मूँछ के दो बाल थे सिर्फ़
लेकिन दोनों ख़ुद को
भेड़िये का जबड़ा, उसकी आँत और समूचा–का–समूचा
भेड़िया समझते

कुछ दिनों बाद
अबूतर–कबूतर के घिस गये दाँत
बैठ गया गला
झरने लगे नाख़ून

कुछ दिनों बाद
भेड़िये की मूँछ के दोनों बाल
पकने लगे
तो भेड़िये ने उन्हें चुटकी में दबाकर उखाड़ा
फूँक मारी
और हाथ को झाड़ा

अबूतर की टूट गयी रीढ़
कबूतर का बन्द हुआ गला
दोनों डाल चूके बन्दर
दोनों का खेल ख़तम हुआ

दोनों को भीड़ ने
गेंद की तरह उछाला
कपड़े की तरह पछींटा
मिट्टी की तरह रौंदा

और लत्ते की तरह
फेंक दिया
शहर की सबसे बड़ी दीवार पर
लिखा है आज भी–

'इस नगर में
एक था अबूतर
एक था कबूतर
दोनों थे भेड़िये की मूँछ के सिर्फ़ दो रोएँ
लेकिन ख़ुद को समूचा भेड़िया समझते थे'

अबूतर–कबूतर
दोनों का
हुआ यों अन्त
हा हन्त!

तितली

सरकार एक तितली पकड़ना
चाहती है, उसे चाहिए
एक फूल बैजयन्ती का।

सरकार को एक टमटम चाहिए
वह हवा खाने निकलेगी
आज रात निहारेगी आसमान में टँके
तारे
उसे चाहिए एक सारंगी, एक ख़रगोश
एक मोर।

सरकार गायेगी और नाचेगी
तितली की तरह फूल पर बैठकर
अपने पंखों में रंग भेरगी।

सरकार को एक आदमी चाहिए
सिर्फ़ एक अदद आदमी।
वह उसके साथ सोयेगी सारी रात,
सपनों की दुनिया में टहलायेगी,
सीने में टिकायेगी अपना माथा
चूमेगी उसे ओर–पोर।

सरकार क़सम खाकर कहती है
कि सुबह होने पर
जब वह कहेगी–'विदा बन्धु विदा'
तो आदमी लौटेगा
साबुत–का–साबुत,
एक लौटते हुए आदमी की तरह।

गाँधीजी

गाँधीजी
कहते थे–

'अहिंसा'

और डण्डा लेकर
पैदल घूमते थे।

दुआ

हुमायूँ ने दुआ की थी
अकबर बादशाह बने

अकबर ने दुआ की थी
जहाँगीर बादशाह बने

जहाँगीर ने दुआ की थी
शाहजहाँ बादशाह बने

बादशाह हमेशा बादशाह के लिए
बादशाह बनने की दुआ करता है

लालक़िले का बूढ़ा दरबान
बताता है।

करीमन और अशर्फ़ी

व्यवस्था

दोस्त चिट्‌ठी में
लिखता है–
'मैं सकुशल हूँ।'

मैं लिखता हूँ–
'मैं सकुशल हूँ।'

दोनों आश्चर्यचकित हैं।

वर्षा राग

।। एक ।।

बरसे मेघ भरी दोपहर, क्षण–भर बूँदें आयीं
उमस मिटी धरती की साँसें भीतर तक ठण्डायीं
आँखें खोले बीज उमगकर गगन निहारें
क्या बद्दल तक जा पायेंगे पात हमारे?

।। दो ।।

मैना डरकर फुर्र हो गयी, बिजली तड़की
छींके के सपने में खोयी पूसी भड़की
क्या हंगामा आसमान ने मचा रखा है
कल–परसों से नहीं किसी ने घाम चखा है।

घड़ों–घड़ों पानी औटाओ, मूसलाधार गिराओ
लेकिन सब चुपचाप करो, चिड़ियों को नहीं डराओ।

।। तीन ।।

यह काग़ज़ की नाव चली जाये अमेरिका
सिखला दे उनको पूरब का तौर–तरीक़ा

एटम बम से बिल्कुल भी धौरी बछिया नहिं डरती
न्यूट्रान से गाँव मड़र की मक्खी भी नहिं मरती।
गुन्नू ने चोंगी सुलगाकर लट्ठ सँभाला
आ जाये अब रीगन हो या बेगिन साला।

करीमन और अशर्फ़ी

शाहनबाज़ ख़ाँ
तुम अपनी अंटी से तूतनख़ामेन की
अशर्फ़ी निकालना।

उधर हाट के सबसे आख़िरी छोर पर
नीम के नीचे
टाट पर
कई साल से अपनी झुर्रियों समेत बैठी
करीमन किरानची होगी।

तुम उससे अशर्फ़ी के बदले
लहसुन माँगना।

यह शर्त रही
कि वह नहीं देगी।

महाजनो येन गतः

इसी पथ से गये हैं महाजन
यही पथ है

पत्तियाँ
अभी तक हिल रही हैं
अँधेरा अभी तक काँप रहा है

यह है उनकी अशर्फ़ी
ये हैं ख़ून के दाग़
ये रहे चिड़ियाँ के डैने
यह है उनका निशान

महाजन जिस पथ से जाते हैं
अपने निशान छोड़ जाते हैं।

चिड़ियाँ अभी तक चीख़ रही हैं
सो नहीं रहे हैं बच्चे
छर्रे अभी तक हवा में हैं।

ये हैं चूड़ियों के टुकड़े
ये रहे कुछ फूटे हुए अण्डे
यह है अख़बार का एक पन्ना।

उसी तरफ़
जहाँ संगीत है
उसी तरफ़
जहाँ शब्द माँजे जाते हैं
जहाँ मन्त्रों की तरह पढ़ी जाती हैं कविताएँ
जहाँ गढ़ी जाती हैं अमानुषिक कलाएँ

उसी तरफ़
जहाँ क़ानून है।

यही है पथ
जिधर से महाजन गये हैं
यही है पथ
इसी पथ से आओ

पीछा करें उनका।

सरकारी कोयल

॥ एक ॥

हम कोयल हैं
सरकार के
हम साज़िन्दे हैं
दरबार के

हम आयेंगे चले जलसों–त्योहारों में
बुलाये बिन बुलाये
सेहरा पढ़ेंगे
गायेंगे सोहर
ठुमरी जगायेंगे।

हवा नहीं हो गये सुख–संविधान के दिन
नहीं चल रही है
लगातार हाहाकार जैसी
कोई काली आँधी
झूठ और अन्याय का अँधेरा
कहीं नहीं है
सामने बिल्कुल भी नहीं
घट रही हैं क्रूर आशंकाएँ।

भरोसा रखें
हम आयेंगे गाने लोरी
रतजगा में बैठेंगे ढोल—मँजीरे लेकर
कहरवा हमारे ख़ून में है
चैन रखें
धरें धीरज।

सबकुछ शान्त है।
सब कहीं
व्यवस्था है।
सब ठीक है।

यह़ संगीत है
और ये रंग हैं
कितना सुकून है यहाँ।
आयें कुछ देर कविता की छाँह में
हम आपके पापों को
कला के पवित्र जल से धो डालेंगे।

।। दो ।।

हम कोयल हैं
सरकार के।
बत्तख के पैर जैसे ठण्डे हैं
हमारे विचार।
निश्चिन्त रहें आप।

हम लेंगे बख़्शीश,
नज़र उतारेंगे,

ईनाम पायेंगे।
जहाँ भी जायेंगे
आपकी दुन्दुभी बजायेंगे।

कोई चिन्ता नहीं है हमें।
हमें फ़िक्र है तो
है बिम्बों की,
भाषा की तलाश है।
हम रचना के स्वायत्त क्षण में
जीते हैं
मरते हैं।
फिर–फिर जन्म लेते हैं।

हमें पुरस्कृत करें अन्नदाता
विधाता।

हम कोयल हैं
सरकार के,
हम साज़िन्दे हैं
दरबार के!

छींक

ज़िल्लेइलाही
शाहंशाह–ए–हिन्दुस्तान
आफ़ताब–ए–वक़्त
हुज़ूर–ए–आला!

परवरदिगार
जहाँपनाह!

क्षमा करें मेरे पाप।

मगर ये सच है
मेरी क़िस्मत के आक़ा,
मेरे ख़ून और पसीने के क़तरे–क़तरे
के हक़दार,
ये बिल्कुल सच है

कि अभी–अभी
आपको
बिल्कुल इन्सानों जैसी
छींक आयी।

पाण्डेजी

उस दिन पाण्डेजी
बुलबुल हो गये थे।

कलफ़ लगाकर कुर्ता टाँगा
कोसे का असली, शुद्ध कीड़ोंवाला चाँपे का,
धोती नयी सफ़ेद, झक बगुला जैसी।

और ठुनकती चल पड़ी
छोटी–सी काया उनकी।

छोटी–सी काया पाण्डेजी की
छोटी–छोटी इच्छाएँ,
छोटे–छोटे क्रोध
और छोटा–सा दिमाग़।

गोष्ठी में दिया भाषण, कहा–
'नागार्जुन हिन्दी का जनकवि है'
फिर हँसे कि 'मैंने देखो
कितनी गोपनीय
चीज़ को खोल दिया यों।
यह तीखी मेधा और

वैज्ञानिक आलोचना का कमाल है।
एक स–गोत्र शिष्य ने कहा–
'भाषण लाजवाब था, अत्यन्त धीर–गम्भीर
तथ्यपरक और विश्लेषणात्मक

हिन्दी आलोचना के खच्चर
अस्तबल में
आप ही हैं एक मात्र
काबुली बछेड़े।'

तो गोल हुए पाण्डेजी
मन्दिर के ढोल जैसे।

ठुनुक–ठुनुक हँसे
फिर बुलबुल हो गये
फूलकर मगन!

बैरागी आया है गाँव

इस धरा–धाम में हम
कब तक और ठहरें, भाई?
यहाँ तो दूर–दूर
कोई फल–फूल नहीं, कोई
जलाशय, कोई शीतल मृदु कूप भी नहीं

बस लू है,
जिसकी छाया में अँगार दहकते हैं
लपटें कौंधती हैं
और सूखी हड्डियों के झाँझ–मँजीरे बजाते
बूढ़े–उजड़े गाछ हैं

और खेत हैं कि जिनमें
बैलों के पंजर गलते हैं
घाम के लोहाये थके कामगार हैं
जिनके पसीने में
पिस्सू कील केंचुए और जोंक पलते हैं।

खेत हैं, कि सपने, बीज, हल–बैल, घर–परिवार,
सुख–सन्तोष
सब निगल जाते हैं।
और तुम हो।

तुम हो,
तो तुम भी क्या हो?
आदमी कि पिशाच कि भेड़
कि पाड़ा कि सागौन के सूखे पेड़
जिन पर ठेकेदारों के कुल्हाड़े चल रहे हैं
कि जतवे के पत्थर
जिन पर सब अपनी
दाल दल रहे है

तुम हो क्या
कि एक भयानक हाहाकार
कि एक रुदन कि एक बूढ़ी ख़ामोशी
कि एक बहुत पुरानी मूर्च्छा।

तुम्हारी आँखों की जगह पर
ख़ाली कटोरे हैं तुचके–पिचके काँसे के,
जिनमें छाछ है
और छाछ में महाजन का, ठेकेदार का,
चौधरी का, हाकिम का,
हुक्काम का, नेता का,
मन्त्री का, सन्तरी का, पुलिस का,
सेना का, ठाकुर का, बाम्हन का,
देश का,
विदेश का,
धर्म का, तन्त्र का, सत्ता का
यानी दूसरे–दूसरे लोगों को
पाप थरथराता है।

इसी गाँव का

जोगी–जोगड़ा लौटा है
दस साल बाद, शहर–महाशहर,
गाँव–दर–गाँव की
गली–सड़क, धूल–धुआँ छानकर।

बन्धु, एक–आध तबेला भात जाओ
पुराने सिरीकमल चावल का
अरहर की दाल
थोड़ी कुड़कुड़िया घी और
अचार आम का
तो हम धन्य हों।

यह भूख भी ससुर अत्यन्त विचित्र वस्तु है
जब लगती है तो उदर में
लंका दहन होने लगता है और हमारी
भभूत–रमी काया
बिरजू महाराज बनकर
ताण्डव नृत्य, भरतनाट्यम, कथकलि, ओडिसी,
कुचिपुड़ि की सारी मुद्राएँ
आपै आप बनाने लगती है।

तो हम महारास करते हैं
तो धरा पर हमारे पैर थिरकते हैं
तो कानों मे डमरू बजने लगता है
तो पेट में तानपूरा
और दिमाग़ में शंख–घड़ियाल।

हम तभी बजाते हैं ज़ोर–ज़ोर चमीटा
और 'जाग मछन्दर गोरख आया

अलख निरंजन गोरख आया
ओ दुखभंजन गोरख आया'
का अलाप छेड़ते हैं।

असल में हम तो
भूख को भगाते हैं
पेट को सुलाते हैं।

बन्धु, समझो ज्ञान–पुरान
वेद–कुरान की बातें
यह मथुरा है, यही है गोलोक, दिव्य धाम,
जहाँ तुम्हारा चूल्हा ठण्डा पड़ा है
पतीली औंधी धरी है
और पाँच दिन की भूखी कानी कुतिया
जहाँ सो रही है
पाँच दिन की बुझी राख पर।
यहीं जसोदा माता ने ललाजी को
दधि–भोग कराया था
उनके कमल जैसे गालों पर माखन चुपड़ा था
और जहाँ तुम्हारी मेहरारू का पेट
बिना अन्न के भी फूला है
और वह नागिन–सी ऐंठ–तड़प रही है

वहीं नन्दलला ने राधिका जी का...
धन्य हो,
धन्य हो...!!
इसी पावन धरती पर ब्रज किशोरियों के...
धन्य हो!
धन्य हो...!!

और यह टूटा–फूटा अँगना
धँसता–ढहता ओसार
यह दस जगह से खुली–उधड़ी परछी
यहीं पर द्वारकाधीश
अजर बिहारी बनवारी ने
अपने निर्गुन प्रेम का जादू भरकर
बाँसुरी वादन किया था, जिसे सुनकर
गाँव की गोपिकाएँ
नाचती, कूदती, हाँफती, झूमती आयी थीं
और यहीं पर
प्रभु का 'पुण्य–प्रसाद' पाया था।

यह भारतखण्ड
यह गोलोक, यह केलिधाम,
यह महारास भूमि, यह ब्रज का पावन प्रदेश
यहाँ सुन्दरियाँ हडियल–मरियल क्यों
दृष्टिगोचर होती हैं?

जल–विहार नहीं करतीं ये गोपिकाएँ?
इनके पद–प्रहार से
क्या पुष्पित नहीं हो जाते अशोक के पेड़
क्या इनकी आँखों को देख–देख
निर्द्वन्द्व घूमती हिरनियाँ
लज्जा से अपनी आँखें नहीं मूँद लेतीं?

अहा, तात
हमें किसी विरहिणी से तो मिलाओ
यमुना तट वाले कदम्ब तले जो
गये साल के भादों से आज तलक

लगातार खड़ी हो
और छैलबिहारी–प्रभु बनवारी के वियोग में
जिसके अश्रु ढुलक–ढुलककर
यमुना के मीठे जल को खारा कर रहे हों।

भाई, गुस्सा क्यों होते हो?
तुम्हें भरोसा नहीं धरम की बातों पर,
मरम की बातों पर, चरम–परम की
बातों पर?

हम जानते हैं वत्स,
भरोसा तो है, पर
फुरसत नहीं है तुम्हें।

हम जानते हैं कि तुम्हें अभी
परधान का खेत निराना है, ठाकुर के
गोरू चराने हैं, पटवारी का चौखट बनाना है,
पण्डिज्जी की रसोई के लिए
लकड़ी चीरना है, पटेल का हल चलाना है,
तकादे में आये महाजन के
कारिन्दे को फिर से टरकाना है।

वत्स, सुनो,
हम तुम्हारे भीतर की दुनिया को
देख सकते हैं साफ़–साफ़
अपनी कवित्त की आँख से।

जानते हैं हम
कि तुम्हारी छाती के भीतर

पहली बार गुस्से की आग अब धधकी है,
पहली बार तुम्हारी मुट्ठियाँ
कुल्हाड़े पर अब कसी हैं,
पहली बार तुम्हारी आँखों के पीछे
तेन्दुए की लौक झलकी है,
पहली बार तुम्हारी नसों में बाघ का बनैला
ख़ून दौड़ा है।

पहली बार तुम्हारे
पखेरुओं जैसे भोले–भाले दिमाग़ ने
दूर–दूर तक सोचा–विचारा है
अपना भला–बुरा, हित–अहित सोचा है।

पहली बार
सैकड़ों साल पुराने बरगद की
पत्तियों से उतरकर आयी हैं
तुम्हारे पुरखों की आत्माएँ
और उन्होंने इतिहास का सत्य
तुम्हारे सामने खोला है।

जानते हैं हम
कि पहली बार बंगाल से भोजपुर तक
कश्मीर से कन्याकुमारी तक
मुशहरी से राजहरा तक
मथुरा–वृन्दावन से बदरीधाम तक
भिवंडी से त्रिवेन्द्रम तक
इम्फाल से छत्तीसगढ़ तक
तुम्हारी आँखों का रंग बदला है।
तुमने एक साथ

कंस के पूतों–पोतों–पड़पोतों को
पहचाना है।

देख आये हैं हम
कि जिरीबाम से श्रीकाकुलम,
बरौनी से फ़रीदाबाद,
जलपाईपुड़ी से चिरमिरी,
भिलाई–दुर्ग से जमशेदपुर–धनबाद तक,
देश के एक कोने से दूसरे कोने तक
बिहार से केरल
केरल से त्रिपुरा
त्रिपुरा से बंगाल
तिरूपति से कैलाश तक

तुम्हारे पसीने, तुम्हारे ख़ून,
तुम्हारी पीड़ा, तुम्हारे क्रोध का
रंग एक है।

पहली बार
बरसों–शताब्दियों से सोयी
तुम्हारी आत्मा के
क्रोध ने अँगड़ायी ली है।

भाई, सुनो
हम ठहरे रमते जोगी बहते पानी,
झाँझ–करताल बजा–बजाकर
कवित्त–कीर्तन बना–बनाकर
रोज़ी–रोटी कमाते
पेट भरते गवैये।

हम जाकर कहेंगे
ठूँठ गाछों से
कि वे हरे हो जायें
मधुर फलों और कोमल शिशु कोंपलों से
लद जायें।

जाकर कहेंगे
गोप–गोपियों से
कि वे पुष्ट और प्रसन्न हो जायें।
शिशुओं से
कि वे रोटी–भात खाकर
लट्टू नचायें
कालियदह पर गेंद खेलें
पृथ्वी को गिल्ली बना लें
आकाशगंगा को डण्डा
समुन्दर को मैदान
और खेलें।

खेलें, कोबरों–करैतों से भरे इस
घटाटोप जंगल में।
खेलें निर्भय इन विषधरों के
हज़ार–हज़ार फनों पर
अपनी दूध–सी कोमल और उजली
पगथलियाँ पटककर

खेलें,
खेलें कि उनके
खेलने–खाने के दिन हैं ये।

गायेंगे हम कि
गउओं के थन
स्वादिष्ट और पौष्टिक दूध से
भारी हो जायें
बछड़े अपनी रम्भाहटों की
तुरही बजा दें
खेत मोटे–मोटे
गूदेदार अन्न से
अँट जायें।

जाकर कहेंगे गाँव–गाँव,
शहर–शहर, ओर–छोर कि बैरागी आया इस बार
सन्देशा लेकर
कि सब–के–सब तैयार हो जायें।

कि बीत रहा है
कलियुग का एक और चरण,
कि ढह रहा है
काल का एक और कठिन कगार,
कि पछड़ें मार रहा है
दबी हुई जाति का एक विराट सागर।

जाकर कहेंगे बहुओं से,
बहनों से, बेटियों से,
कि वे भयभीत न हों
रोज़–रोज़ के अत्याचारों से
बागपत, बेलछी, शिवरामपुर, खरखेड़ा और
तमाम कई नामों से,

आँसू न बहायें
कातर न हों

कहेंगे, कि वे जागें और
सरजू, गंगा, जमुना, कोसी, बागमती,
सोन, नर्मदा, ब्रह्मपुत्र, केन, बेतवा, टमस और ताप्ती
के तटों पर उगे बाँस और कठई के
घने–गझिन जंगलों को काटकर
धनुष–बाण बनायें
और चण्डी बन जायें
चामुण्डा बन जायें, काली–महाकाली
भैरवी बन जायें,
अजिता बन जायें।

बैरागी आया है गाँव
पाप से लदी हुई धरती दरक रही है।
हज़ारों–लाखों सालों से चुप खड़े
पहाड़ों के भीतर
उनके कलेजे में, उनके फेफड़े में,
उनके हृदय में
जाग रही है वर्ग–चेतना की
नयी ज्वालामुखी।

हर चट्टान के गर्भ में
गाने लगी है
मुक्ति की चिड़िया
एक नया पद।
पेड़ पढ़ने लगे हैं
निराला, नेरूदा, नज़रुल, नागार्जुन, नाज़िम,

नेटो और सुकान्त के
अजर–अमर छन्द।

जाग मछन्दर
बैरागी आया है गाँव।
अलख निरंजन
बैरागी आया है गाँव।
जै दुखभंजन
बैरागी आया है गाँव

बैरागी आया है गाँव
क्या होता है अगर
बाहर बची–खुची
मुट्ठी–भर
भाड़े के टट्टुओं की
कायर सेना
हमारे–तुम्हारे ख़िलाफ़ है!

□□